Sur la piste du

ROBOT

Sur la piste du ROBOT

KENNETH OPPEL

Illustrations de
Sam Sisco

Les éditions Scholastic

Catalogage avant publication de la Bibliothèque nationale du Canada

Oppel, Kenneth

[Crazy case of robots. Français]
  Sur la piste du robot / Kenneth Oppel ; illustrations de Sam Sisco ;
  texte français de Nathalie Laverroux.

(Sur la piste...)
Traduction de: A crazy case of robots.
Pour enfants de 7 à 9 ans.
ISBN 0-439-97585-9

I. Sisco, Sam II. Laverroux, Nathalie III. Titre. IV. Titre: Crazy case of
robots. Français. V. Collection.

PS8579.P64C7214 2003   jC813'.54   C2002-906088-5
PZ23.O66Su 2003

5 4 3 2 1   Imprimé au Canada   03 04 05 06

Pour Graham Mills

Chapitre 1

Danger!
Haute tension!

— KEVIN ET TINA QUARK, deux génies à votre service!

Gilles Barnes sourit en reconnaissant la voix de Kevin. Il est à la foire scientifique de l'école, où ses amis, Kevin et Tina Quark, présentent leur dernière invention. Les participants sont nombreux. Gilles a déjà repéré cinq stands consacrés aux dinosaures, trois aux volcans, un aux illusions d'optique et un autre aux plantes carnivores. Il y a aussi une fille délirante déguisée en électron qui tourbillonne autour du gymnase avant de se jeter sur les gens, ce qui provoque une certaine émotion!

La voix de Kevin s'élève par-dessus le vacarme :

— Deux génies pour résoudre tous vos problèmes! Tarifs raisonnables!

Gilles a beaucoup de mal à se faufiler à travers la foule pour le rejoindre. Il aperçoit enfin les cheveux roux et bouclés, puis le visage parsemé de taches de rousseur de son ami, qui distribue des cartes aux visiteurs.

— Salut, Kevin! lance Gilles quand il est près de lui. Alors, tu essaies d'attirer des clients?

— On appelle ça les relations publiques. C'est la clé de la réussite! Ici, c'est l'endroit idéal. Regarde tout ce monde... Oh, attends une minute! fait-il en tendant une carte à un monsieur âgé qui allait se glisser derrière lui.

— Bonjour, monsieur, je suis Kevin Quark, un génie, je...

Mais le monsieur ne s'arrête pas.

— Il ne sait pas ce qu'il perd! commente Kevin en haussant les épaules. Ah! ce n'est pas facile d'être un génie, crois-moi!

Gilles hoche la tête en signe de sympathie. Il n'oubliera jamais sa première rencontre avec Tina et Kevin : après être entrés tous les deux dans son jardin et s'être présentés comme les génies du coin, ils lui ont annoncé que sa maison avait de fortes chances d'être hantée. Du jour au lendemain, sa vie en a été toute bouleversée!

S'il n'est pas facile d'être un génie, il est tout aussi

difficile d'être l'ami de deux génies! Gilles n'a jamais vu Tina faire une seule faute en classe. Elle est capable de mémoriser des pages entières de l'encyclopédie et de faire d'interminables divisions plus rapidement qu'une calculatrice. Ella sait même programmer le magnétoscope de ses parents! Et s'il n'y avait que ça! En plus, son frère et elle passent leur temps à mettre au point des engins fantastiques qui crachent des étincelles et de la vapeur en émettant des tas de bruits intéressants...

— Attends un peu de voir notre invention! déclare Kevin avec fierté.

— Où est votre stand?

— Euh, c'est-à-dire qu'il n'est pas encore tout à fait prêt, répond Kevin en baissant la voix. Tina fait des petites vérifications de dernière minute. J'espère qu'elle aura fini à temps. Mais viens, je vais te le montrer!

Ils arrivent non sans peine devant le stand, qui est complètement barricadé à l'aide de larges panneaux de carton, sur lesquels est écrit en grosses lettres noires : « DANGER HAUTE TENSION », « LES CONTREVENANTS SERONT PUNIS », « NE PAS DÉRANGER ».

— Tina prend ça drôlement au sérieux! fait Gilles.

Une lumière orange filtre entre les cartons,

accompagnée de crépitements aigus. Puis il y a un bruit strident, comme celui d'une perceuse.

— Elle a l'air d'avoir un super matériel, là-dedans!

Kevin approuve, admiratif.

— Alors, qu'est-ce que c'est? demande Gilles, impatient.

— Euh... je dois avouer que je ne le sais pas, répond Kevin, qui est devenu tout rouge. Elle ne m'a pas permis de l'aider, cette fois-ci. Pendant les deux dernières semaines, elle m'a même interdit d'aller dans son atelier!

— Ça doit être plutôt spécial...

— Elle a probablement raison, poursuit Kevin en essayant de prendre un air détaché. Après tout, je ne suis pas aussi doué qu'elle. Je ne peux pas espérer qu'elle me laisse participer à toutes ses inventions.

Mais Gilles remarque bien que son ami est contrarié.

Pendant ce temps, la foule s'est amassée devant le stand et pousse des exclamations de surprise dès qu'un filet de fumée ou un grésillement électrique s'en échappe. Un feu d'artifice n'aurait pas plus de succès!

Kevin frappe doucement sur les cartons.

— Tina!

— Qui est-ce? demande une voix assourdie.

— C'est Kevin.

4

— Kevin qui?

— Kevin Quark, ton frère!

Quelques instants plus tard, Tina apparaît entre deux panneaux. Elle est très petite. Son visage mince encadré de deux impeccables tresses blondes porte une trace de graisse.

— Bonjour, Gilles, dit-elle avec un bref hochement de tête.

— Salut à toi, ô la Très Grande! répond Gilles en souriant.

— Comment ça se présente, là-dedans? demande Kevin.

— J'ai terminé.

Tina esquisse un petit sourire, regarde autour d'elle, puis constate d'un ton satisfait :

— Il y a beaucoup de monde! Eh bien, je pense que personne ne sera déçu!

Les visiteurs se bousculent pour être le plus près possible du stand, se haussent sur la pointe des pieds en se dévissant le cou pour apercevoir ce qui se passe derrière les murs de carton. Des questions fusent de partout :

— Est-ce qu'il s'agit d'un être vivant?

— C'est dangereux?

— Les enfants peuvent-ils regarder?

Soudain, Tina impose le silence :

— S'il vous plaît, reculez!

D'un geste plein d'assurance, elle tire sur une longue corde et les murs de carton s'affaissent lentement et gracieusement sur le sol.

La foule reste bouche bée.

Un robot!

Chapitre 2

Tinatron

— MESDAMES ET MESSIEURS! Voici le Tinatron
1000! déclare Tina.

Gilles fait quelques pas en avant pour mieux
observer le robot, qui est presque de la même taille
que la fillette. Des jauges et des interrupteurs
recouvrent son torse cubique fait de métal. Ses bras
maigrelets, eux aussi métalliques, se terminent chacun
par une main gantée de caoutchouc. Tinatron a une
tête rectangulaire assez grosse avec, en guise d'yeux,
une lentille d'appareil photographique montée sur une
lampe de poche et, en guise de bouche, le micro d'un
magnétophone. Deux câbles argentés relient sa tête à
la partie supérieure de son torse. Gilles ne peut pas
voir à quoi ressemblent ses jambes, cachées derrière
une espèce de jupe métallique qui descend presque
jusqu'au sol. Deux chaussures de sport mal assorties

pointent en dessous.

— Eh! s'écrie Kevin en montrant la tête du robot. C'est mon appareil photo!

— Tu as raison, acquiesce Tina. C'était exactement ce qu'il me fallait.

— Et ça, c'est mon magnétophone! ·

— Kevin, je t'en prie, tu ne vas pas me faire une scène!

— Tu aurais pu me les demander! Je les ai cherchés partout!

— Tu devrais être fier que j'aie pu les utiliser dans une invention aussi remarquable!

— Mais pourquoi faut-il toujours que tu prennes mes affaires?

Tina fait la sourde oreille.

— Où as-tu trouvé les autres composants? lui demande Gilles.

— Dans la décharge à métaux, près de la rivière. Pour la matière première, c'est une mine!

Gilles imagine Tina, une lampe à la main, comme un pilleur de tombes, dérobant des accessoires de voitures, fouillant des téléviseurs éventrés...

— Est-ce qu'il parle? demande un visiteur.

Tina lui adresse un sourire indulgent et se tourne vers le robot :

— Présente-toi! lui ordonne-t-elle.

— Bonjour! dit-il d'une voix métallique. Je suis Tinatron 1000, créé par Tina Quark. Hautement performant, je nécessite peu d'entretien. Super-efficace, hyper-intelligent et polyvalent, je suis programmé pour exécuter n'importe quelle tâche sans faire la moindre erreur.

Un murmure d'étonnement s'élève dans la foule.

— Sa voix! murmure Kevin à Gilles. On dirait...

— Oui, elle ressemble un peu à celle de Tina.

— Ça fait un peu fantomatique, tu ne trouves pas?

— Complètement!

Gilles ne peut pas s'empêcher de trouver aussi une ressemblance physique entre le robot et Tina : les deux câbles argentés qui se balancent de chaque côté de la tête de Tinatron rappellent les tresses blondes de la fillette, et le robot semble avoir copié l'attitude de Tina : comme elle, il se tient très droit, l'air sérieux et les mains sagement croisées devant lui.

— Maintenant, je vais vous montrer de quoi Tinatron est capable! annonce fièrement Tina.

Elle ordonne au robot de se balancer sur une jambe, puis d'aller ramasser des œufs sans les casser. Elle lui demande ensuite de faire des multiplications compliquées et d'en écrire très lisiblement le résultat sur un tableau. Puis elle prie les visiteurs de lui poser toutes les questions qui leur passent par la tête. Sans se tromper une seule fois, il répond à des problèmes d'astrophysique, d'histoire ancienne et de biochimie.

— Mesdames et messieurs, une minute d'attention, s'il vous plaît!

Perché sur l'estrade, le professeur de sciences, M. Lunardi, vient de prendre la parole.

— Il est grand temps de vous faire connaître le lauréat de la foire scientifique de cette année, reprend-il. Le jury et moi-même avons vu quelques inventions très impressionnantes aujourd'hui, mais il y en a une qui surpasse toutes les autres! C'est celle de Tina Quark! Tina Quark, approche, s'il te plaît, nous allons te remettre le premier prix!

— Et moi? demande Kevin. Je croyais qu'on était associés?

Mais Tina se dirige déjà vers l'estrade, le robot sur ses talons. Époustouflé, M. Lunardi voit Tinatron grimper vivement les marches et tendre sa main caoutchouteuse pour s'emparer du trophée. Le professeur hésite un instant avant de le lui remettre. Comme Tina reste sans bouger, un petit sourire aux lèvres, le robot écarte doucement M. Lunardi pour s'approcher du micro et déclare :

— C'est un grand honneur! Merci, merci beaucoup!

Les flashes des photographes crépitent et il y a un tonnerre d'applaudissements.

— Voilà qui donne parfois envie d'étrangler
quelqu'un! grince Kevin.

Chapitre 3

Gardiennage de robot

GILLES S'EST ATTAQUÉ à une nouvelle maquette d'avion : un magnifique bombardier. Beaucoup plus grand que les autres, ce modèle est aussi bien plus difficile à assembler et Gilles y a déjà passé plusieurs heures. Il est très fier de sa collection d'engins qui décorent sa chambre : jets de l'armée, biplans, immenses 747 et vaisseaux spatiaux angulaires.

Il ne se contente pas, comme certains de ses amis, d'ajuster tant bien que mal les pièces d'une maquette en laissant déborder la colle entre les jointures. Non, il prend son temps! Il a compris que la patience est absolument indispensable. Si Kevin et Tina sont des génies, eh bien, lui, il est passé maître dans l'art de construire des maquettes!

Tous les éléments du bombardier sont étalés sur son bureau. Gilles en prend un, passe un peu de colle sur les bords, recommence l'opération avec un autre, puis ajuste les deux morceaux ensemble et les maintient fermement l'un contre l'autre. C'est à ce moment précis qu'on sonne à la porte d'entrée.

— C'est toujours pareil! grogne Gilles.

S'il lâche sa maquette maintenant, les morceaux seront tout de travers quand la colle va sécher!

Deuxième coup de sonnette.

Gilles sait que son père est dans le salon, occupé aux plans de rénovation de la maison. Quant à sa mère, elle s'est enfermée à double tour dans son bureau pour mettre au point d'interminables équations avec lesquelles elle pourra joyeusement torturer ses étudiants...

Il soupire : il ne lui reste plus qu'à aller ouvrir lui-même!

Après avoir posé sa maquette avec précaution, il dévale l'escalier.

Sur le seuil, se tiennent Tina et Kevin. Ils ont un air bizarre. Planté derrière eux se trouve... Tinatron!

— J'étais occupé, dit Gilles, un peu agacé.

— Bonjour, Gilles! lance Tina. Voilà, nous avons un petit problème.

— Ah bon? fait Gilles, tout étonné.

Un problème, Tina? Le matin même, elle obtenu un grand succès à la foire, où tout le monde l'a qualifiée de génie. Il est évident que sa photo va être en première page dans tous les journaux locaux, le lendemain! Elle va probablement être invitée à participer au prochain lancement de la navette spatiale et recevoir une décoration des mains de la reine d'Angleterre avant la fin de l'année! Qu'est-ce qui peut bien lui arriver?

— Maman ne veut pas que le robot reste à la maison, explique Kevin.

— Pourquoi?

— Elle le trouve plutôt gênant, répond Tina en roulant les yeux.

— Et inhumain, ajoute Kevin.

— Et malsain...

— Enfin, elle lui trouve tous les défauts possibles, conclut Kevin sur le ton de la confidence. Je ne t'en dis pas plus, c'est vraiment désobligeant pour lui.

— Nous nous demandions, reprend Tina en évitant le regard de Gilles, s'il te serait possible de nous rendre un petit service... Oh, juste un petit service...

Elle s'interrompt pour respirer profondément.

— Pourrais-tu garder Tinatron quelques jours, le temps que maman se calme?

Gilles jette un coup d'œil au robot, qui attend patiemment, l'air le plus sérieux du monde, derrière ses deux amis.

— Eh bien, je peux toujours demander à mes parents, répond Gilles sans conviction. Mais ça m'étonnerait qu'ils soient très emballés. Tu sais ce que ma mère pense de tes inventions, Tina. Elle n'a pas oublié le coup du shampooing à tapis...

— Ah oui!

Tina fait la moue en fronçant les sourcils, comme si tout cela s'était produit dans des temps très anciens.

— Je dois dire que j'ai été déçue! admet-elle.

— Notre tapis était bleu avant, fait remarquer Gilles.

— Et maintenant, il hésite entre le vert et le violet... plaisante Kevin.

— Oui, merci, Kevin, je sais! répond Tina d'un ton pincé.

En pensant à tout ça, Gilles doute que ses parents acceptent de garder le robot à la maison. Les inventions de Tina sont peu fiables! Il reconnaît que certaines sont tout à fait réussies, comme le détecteur de fantômes, par exemple. Mais souvent, et sans qu'on s'y attende, ses engins redoutables semblent pris de folie : ils rétrécissent les objets ou les réduisent à l'état de nouilles grillées. Après une expérience de ce genre, M. et Mme Quark interdisent à leurs enfants l'accès à l'atelier pendant un bon moment.

— Il me semble avoir entendu sonner à la porte!

crie M. Barnes du salon.

— C'est Tina et Kevin… et leur robot!

Silence.

— Ah! Eh bien, peut-être ont-ils envie d'entrer…
tous les trois?

Dès qu'il entend l'invitation, Tinatron se faufile
devant Tina et Kevin et entre dans le hall. Pendant un
court instant, il braque son faisceau lumineux sur le
visage de Gilles pour mieux l'observer, ce qui rappelle
au garçon une visite chez le dentiste.

— Est-ce que c'est Tina et Kevin qui t'ont créé, toi
aussi? lui demande le robot de sa voix métallique.

— Certainement pas! s'indigne Gilles.

— Il m'a posé la même question, déclare Kevin,
attendri. En fait, il demande ça à tout le monde,
même mes parents y ont eu droit. Ils ont été un peu
contrariés.

— Tu m'étonnes! commente Gilles.

— C'est parce qu'il s'intéresse à tout! explique
Tina. Il a un esprit curieux, contrairement à quelqu'un
que je connais bien! ajoute-t-elle en foudroyant son
frère du regard.

Mais le robot ne s'intéresse déjà plus à Gilles. Il
s'est mis à arpenter lentement le hall d'entrée, comme
s'il visitait une galerie d'art. Puis il disparaît dans le
salon, d'où surgit aussitôt la voix affolée de M. Barnes :

— Mon Dieu! Qu'est-ce qui se passe, ici?

Gilles pousse Tina et Kevin à l'intérieur de la maison et ils rejoignent vite Tinatron.

— Je suppose, Tina, que c'est encore une de tes inventions, dit M. Barnes en enroulant rapidement les plans qu'il avait étalés sur son bureau.

— C'est exact, réplique-t-elle. C'est le Tinatron 1000!

— Ils veulent savoir s'il peut rester chez nous quelques jours, annonce Gilles.

Le regard de M. Barnes se pose sur le tapis dont la couleur bleue n'est plus qu'un souvenir...

Tina se hâte d'intervenir :

— M. Barnes, vous avez ma parole que Tinatron ne représente aucun danger et qu'il ne peut provoquer aucun dégât!

Mme Barnes choisit cet instant pour entrer dans la pièce. Toutes les têtes se tournent vers elle et Gilles bloque sa respiration. Sa mère fixe le robot pendant quelques instants, puis elle jette un rapide coup d'œil à Tina et Kevin qui se tiennent l'un près de l'autre, tout raides, un large sourire plein d'espoir figé sur leurs lèvres.

— Non! s'exclame-t-elle. Jamais de la vie!

Le père de Gilles lui dit avec un sourire ironique :

— Élisabeth, c'est un robot orphelin. Tu n'as pas

pitié de lui?

— Dehors! s'écrie-t-elle en jetant un regard furieux à Tina. Je veux que ce robot sorte d'ici avant de faire sauter la maison!

Pour une fois, Gilles est d'accord avec sa mère. Il ne peut pas dire ce que c'est, mais quelque chose, dans ce robot, le met mal à l'aise.

— Il est tout à fait hors de question qu'il reste ici! reprend Mme Barnes. J'ai beaucoup de travail avec cette nouvelle série d'équations, et je n'ai pas envie d'être interrompue par un tas de tôle ambulant!

Pendant qu'elle parle, Tinatron s'est glissé jusqu'à la table du salon et observe avec le plus grand intérêt le cahier que Mme Barnes vient de déposer.

— Les équations Quintilliax sont d'une rare complexité, déclare-t-il soudain. Seules les intelligences supérieures peuvent en venir à bout.

Tina arbore un large sourire. On dirait une mère dont le bébé vient de balbutier ses premiers mots. Mme Barnes ouvre légèrement la bouche avant de laisser un sourire radieux s'épanouir sur son visage. Puis, dans un grand élan d'enthousiasme, elle s'écrie :

— Il peut rester!

Quelques instants plus tard, en montrant le fouillis de morceaux de plastique éparpillés sur le bureau de Gilles, le robot demande :

— Qu'est-ce que c'est?

— Les pièces détachées d'une maquette d'avion. On les assemble avec de la colle. Celle-là sera la plus belle, elle sera parfaite!

— Ces deux morceaux sont de travers, fait remarquer Tinatron.

— Je sais, dit Gilles en rougissant légèrement, c'est parce que je me suis interrompu pour aller ouvrir la porte.

Le robot se tient au centre de la pièce, qu'il examine attentivement, en tournant la tête à droite, puis à gauche. Gilles se sent un peu perdu. Il ne se voit pas faire du gardiennage de robot! Tinatron acceptera-t-il de partager ses jeux? Ce serait surprenant, il est tellement sérieux!

Tina vient juste de partir. Elle a eu beaucoup de mal à se séparer de son Tinatron. On aurait dit qu'elle le quittait pour des années! Elle a passé un temps fou à vérifier que tout allait bien, en répétant sans arrêt à Gilles comment s'en occuper. À la fin, Kevin l'a prise doucement mais fermement par le bras et l'a entraînée dehors.

— Tes tiroirs ne sont pas bien fermés! remarque gravement le robot.

— Oui, je sais!

Gilles en fait rageusement claquer deux ou trois.

— Et il y a de la poussière sur les étagères!

— Il y en a toujours!

— Cette affiche penche légèrement sur la gauche.

— Et alors?

— Ce n'est pas parfait.

Gilles se contente de regarder le robot sans répondre. Puis il propose :

— Pourquoi n'irais-tu pas dormir un moment? Tu as eu une longue journée!

— Dormir? s'étonne Tinatron.

— Bon, alors est-ce que je peux te brancher?

— Ma batterie n'a pas encore besoin d'être rechargée.

— Bien, dit Gilles, agacé, j'ai du travail à faire pour demain.

— Je le ferai!

— Non, merci. D'ailleurs, il faut que mes devoirs soient écrits de ma propre main, sinon, on comprendra que j'ai triché.

— Je peux copier toutes les écritures, répond le robot. Je suis programmé pour tout faire sans la moindre erreur!

Gilles regarde pensivement les pièces de sa maquette. Si Tinatron fait tous ses devoirs, il aura davantage de temps à consacrer à son bombardier. C'est terriblement tentant! Et pourquoi refuserait-il, après tout? Puisqu'il va s'occuper de Tinatron pendant quelques jours, cela lui fera une petite compensation! Son travail scolaire sera parfait, comme celui de Tina. Gilles est impatient de voir la tête qu'elle fera quand leur enseignant annoncera ses notes!

— D'accord, dit-il à Tinatron. Je vais chercher mes cahiers!

Au fond, le gardiennage de robot n'aura peut-être pas seulement des inconvénients!

Chapitre 4

Un grand génie

— COMMENT VA TINATRON? demande Tina à Gilles le lendemain matin à l'école.

— Bien, je suppose!

Ce n'est qu'une machine après tout, comment pourrait-il parler de sa santé?

— Il ne surchauffe pas?

— Non, je ne crois pas.

— Tu l'as branché, hier, comme je te l'avais conseillé?

— Oui, mais toutes les lumières ont clignoté et sa poitrine s'est mise à bourdonner... C'était plutôt inquiétant!

— C'est la batterie haute tension, explique Tina d'un air important. C'est une belle invention, tu ne trouves pas? fait-elle d'un ton soudain rêveur.

Gilles regarde Kevin et lui fait un clin d'œil : Tina

peut donc parfois manifester de l'émotion!

— Savez-vous, reprend-elle, que le mot « robot » vient du tchécoslovaque « robota »?

— Je ne suis même pas capable d'épeler « tchécoslovaque », commente Kevin.

— Ah! si les habitants de ce pays pouvaient voir ce que j'ai fait de leur petit mot! Je l'ai matérialisé en réalisant une machine parfaite!

— Et maintenant, qu'est-ce que tu vas en faire? demande Gilles.

— Ça me paraît évident! répond-elle, agacée. Tu sais bien que tous les fonds sont bloqués pour la recherche. Les temps sont durs, Gilles! Mais le Tinatron 1000 va nous permettre de redémarrer. Avec lui, nous allons faire fortune! Regarde ça!

Elle lui met le journal sous le nez : sa photo, en grand format, est reproduite en première page. On la voit, avec Tinatron, recevoir le premier prix à la foire scientifique. Suit un long article intitulé : « UN GRAND GÉNIE! »

— Les commandes vont pleuvoir, maintenant, dit-elle, confiante.

— Voilà une bonne nouvelle! se réjouit Kevin.

— Et Tinatron n'est que le premier pas, reprend-elle. Avec son aide, je vais pouvoir mettre au point un bataillon de robots!

— Tu vas en faire d'autres? s'étonne Gilles. Mais pourquoi?

— Écoute, Gilles! réplique Tina, exaspérée. Tu n'as pas encore compris que ces robots sont cent fois plus efficaces que les humains! Ils sont plus rapides, plus intelligents, ils ne font pas la moindre erreur! Crois-moi, les robots ne vont pas tarder à travailler à la place des gens!

Lorsque Gilles rentre de l'école, il entend des voix et des bruits de tasses provenant du salon. Il se débarrasse de ses chaussures de sport pleines de boue et va jeter un coup d'œil.

Le spectacle qu'il voit alors le laisse abasourdi! Assise dans un fauteuil, sa mère discute avec animation tout en sirotant du thé. L'interlocuteur n'est autre que Tinatron! Confortablement allongé sur les coussins du sofa, il tient délicatement entre ses doigts de caoutchouc... une tasse de thé!

— Donc, les formules Templehof sont parfaitement inutiles? dit Mme Barnes.

— Tout à fait, mes données sont infaillibles.

— C'est remarquable! Tout à fait remarquable! Vous devez avoir des capacités extraordinaires en mathématiques!

— Absolument! affirme le robot.

Ils sont tellement plongés dans leur conversation

qu'ils ne font pas attention à Gilles. Celui-ci, stupéfait, voit le robot lever sa tasse jusqu'à sa bouche microphonique comme s'il allait boire, puis la replacer dans la soucoupe.

— Oh, bonsoir, Gilles! finit par dire sa mère en souriant. Je ne t'avais pas entendu entrer. Tinatron et moi avons une discussion passionnante!

— Je vois! fait Gilles d'un ton sec.

De toute évidence, Tinatron et sa mère s'entendent à merveille! Il n'y a qu'à les voir bavarder comme s'ils étaient les meilleurs amis du monde. Sans trop savoir pourquoi, Gilles n'en est pas très heureux...

— Maintenant, reprend Mme Barnes en se tournant vers le robot, pourrions-nous revoir les équations Orion?

— Bien sûr! C'est très simple. Commençons par...

Après leur avoir lancé un regard furieux, Gilles quitte le salon et monte bruyamment l'escalier.

Il pousse la porte de sa chambre et là, sur le seuil, il reste figé sur place : cette pièce ne peut pas être sa chambre! Il ne la reconnaît pas! Elle a été rangée de fond en comble! D'habitude, elle ne lui paraît pas particulièrement désordonnée, plutôt moins que celle de ses amis, en tout cas! Mais rangée comme ça, c'est impensable! Le lit est fait avec une telle précision, les draps ont été tellement tendus qu'il pourrait s'en servir comme trampoline! Rien ne traîne par terre, ni vêtements sales, ni bandes dessinées, ni livres. Il entre sur la pointe des pieds, comme s'il avait peur de déclencher un horrible piège ou de tomber dans les mailles d'un filet.

Pas le moindre grain de poussière sur ses étagères. Les affiches sont parfaitement droites et tous ses livres sont classés par ordre alphabétique. Il ouvre un tiroir et voit ses bas méticuleusement roulés et rangés par couleur. C'est effrayant! Mais le plus ahurissant, c'est la maquette d'avion sur laquelle il travaille avec ténacité depuis des semaines : posé au beau milieu de son bureau, le bombardier est construit de A à Z! Même les autocollants ont été appliqués sur les ailes!

— Tinatron!

Gilles dévale l'escalier et surgit comme un diable dans le salon.

— Tu as construit ma maquette d'avion! hurle-t-il.

— Voyons, Gilles, dit Mme Barnes, qu'est-ce qui se passe?

— Le robot a terminé ma maquette!

— Elle n'était pas complète! explique Tinatron de sa voix métallique. Je l'ai faite à ta place.

— Je voulais la faire moi-même! hurle Gilles de plus belle. C'est justement ça qui est amusant!

— Amusant? demande le robot. Ce mot m'est inconnu. Peux-tu m'en donner une définition précise?

— Tinatron voulait seulement t'aider, intervient Mme Barnes avec un léger froncement de sourcils.

— Il a rangé ma chambre, aussi! crie Gilles.

— Je sais, répond sa mère. Je la trouve très agréable comme ça.

— Elle est parfaite, maintenant! dit Tinatron.

— Je ne pourrai plus jamais retrouver mes affaires! se lamente Gilles.

Mais Mme Barnes n'a pas l'air très inquiète.

— Tu sais, Gilles, reprend-elle, je pense qu'il y a des gens, à l'université, que ça passionnerait de rencontrer Tinatron. Crois-tu que Tina serait d'accord?

— Je suis sûr qu'elle serait ravie! aboie Gilles.

Sa mère n'a jamais l'air aussi intéressée par ce qu'il fait, lui! La plupart du temps, elle regarde à peine ses maquettes! Mais apportez-lui un robot à domicile! Alors là, elle devient tout ouïe, bavarde avec lui, lui offre du thé et ne tarit pas d'éloges! C'est écœurant!

— M'man! Pourquoi lui as-tu fait du thé? Ce n'est qu'un robot!

Sa mère reste songeuse quelques instants, puis elle répond :

— J'ai trouvé cela plus poli, voilà tout!

Hors de lui, Gilles fait demi-tour et sort du salon comme une tornade.

Chapitre 5

Une machine
trop parfaite

GILLES REGARDE SON AVION d'un air indifférent. Il ne l'a pas accroché à côté des autres parce qu'il ne prend aucun plaisir à le voir, malgré sa perfection : après tout, il ne l'a pas assemblé lui-même!

Il a toujours pensé que la construction de maquettes était la seule chose pour laquelle il était vraiment doué. Et maintenant il découvre qu'un robot peut faire ça cent fois mieux que lui! Tina a peut-être raison : sous peu, les robots vont sans doute remplacer tous les humains!

Il soupire. Il y a maintenant cinq jours qu'il fait du gardiennage de robot. Chaque après-midi, il rentre chez lui pour trouver sa chambre parfaitement en ordre et il part chaque matin avec ses devoirs parfaitement justes. Le robot s'occupe de tout, sans même lui en parler. Les notes de Gilles n'ont jamais été aussi bonnes, mais cela lui procure aussi peu de satisfaction que le bombardier : il ne se sent pas doué pour autant. Il se réjouissait à l'avance en croyant que Tina serait ébahie lorsqu'elle connaîtrait ses notes, mais, au lieu de cela, elle sourit en douce, comme si elle savait à qui ces résultats sont dus. Une fois de plus, c'est son triomphe et celui de son robot!

Gilles entend la sonnette de la porte d'entrée. Il descend pour aller ouvrir. Kevin, l'air sombre, se tient sur le palier.

— Entre! Où est Tina?

— Oh! elle est à l'atelier, elle dessine des plans de robots... Tu sais, je ne la vois plus beaucoup. De temps en temps, elle vient prendre un repas, elle nous regarde, mes parents et moi, en hochant tristement la tête, puis elle redescend...

— Au moins, ça vous évite de l'écouter parler de ses talents de génie! hasarde Gilles.

— Tu as peut-être raison... répond Kevin. Mais tu vois, elle me manque vraiment. La dernière fois que je l'ai vue, elle ne m'a même pas reproché mon minuscule cerveau! Même ça, c'était mieux que son silence actuel.

— Euh... si ça peut te consoler, ma mère est tombée amoureuse de Tinatron!

— C'est vrai?

— Ouais. Ils passent des heures à discuter, tous les deux. En ce moment, ils font des maths. Ma mère est tout excitée. Elle n'arrête pas de répéter : « Ça va être parfait! »

— Je vois, répond Kevin, lugubre.

Soudain, toutes les lumières du salon vacillent.

— C'est Tinatron, explique Gilles. Papa dit que les factures d'électricité vont être renversantes.

— Tu sais ce qui est renversant, en réalité? dit Kevin, mal à l'aise. C'est pour ça que je suis venu...

Il fouille dans sa poche et en retire une carte de visite toute froissée qu'il tend à Gilles. Celui-ci lit :

Tina Quark et Associés
Les génies du quartier
Consultation sur simple demande
Tarifs raisonnables

— Elle a enlevé ton nom! s'exclame Gilles.

Kevin acquiesce.

— Et je ne pense pas être l'un de ses associés...

— Mais elle ne peut pas faire ça! éclate Gilles. Ce n'est pas juste!

— Je suis remplacé... par des robots!

M. Barnes apparaît, un gros rouleau de plans dans les mains.

— Vous avez l'air bien abattus, tous les deux! s'étonne-t-il. Qu'est-ce qui vous arrive?

— Une stupide histoire de robots... murmure Kevin.

— Je crois comprendre ce que vous voulez dire, soupire M. Barnes en se laissant tomber dans un fauteuil. Jetez un coup d'œil là-dessus.

Il déroule les plans de la maison. Ils sont criblés de signes rouges, bien nets.

— C'est Tinatron! constate Gilles.

— Exact, dit son père. Je travaille sur ces plans depuis des mois et voilà que je les trouve recouverts de notes à l'encre rouge! Et le plus énervant, c'est que ce robot a parfaitement raison!

— On devrait peut-être accepter l'évidence tout simplement, dit Kevin. Il est plus doué que nous!

— Ah non! Je trouve que vous baissez les bras un peu trop vite! réplique M. Barnes. Il est sûr que les machines peuvent faire certaines choses beaucoup mieux et plus rapidement que nous. Mais nous restons les meilleurs dans de nombreux domaines!

Ils gardent le silence pendant quelques instants.

— Je ne vois pas lesquels... dit Gilles. Et toi, Kevin?

— C'est le vide complet, répond Kevin avec un air déçu.

— Je suis sûr qu'en y réfléchissant un peu, vous allez trouver un tas d'exemples! reprend M. Barnes.

— Ça ne change rien au fait que je ne suis plus sur les cartes de visite, marmonne Kevin.

Les lumières de la pièce vacillent à nouveau. Mais cette fois, un craquement aigu se fait entendre en haut de l'escalier. Puis la maison entière se trouve plongée dans la pénombre.

Chapitre 6

Tinatron en surtension

— QU'EST-CE QUI SE PASSE? demande Gilles en
faisant irruption dans le bureau de sa mère.

— Ça va, Élisabeth? ajoute M. Barnes.

— Moi, ça va! répond vivement Mme Barnes. C'est
Tinatron qui ne va pas bien!

Un filet de fumée s'échappe du robot, qui est
effondré contre le mur.

— Il m'a demandé de le brancher, explique la
mère de Gilles. Il lui fallait davantage d'énergie
pour résoudre les équations. Il s'est aussitôt mis à
bourdonner de plus en plus fort et, tout à coup, il
a fait des étincelles!

— Il doit être en surtension! dit Gilles.

— C'est bien fait pour lui! lance Kevin. Ça lui
apprendra à se rendre intéressant!

— Quel dommage! ironise M. Barnes.

— Arrêtez de ricaner, tous les trois! explose Mme Barnes. On allait faire une découverte sensationnelle!

Gilles a envie de pousser des cris de joie. Mais il redoute la réaction de Tina si le robot est vraiment endommagé.

Il s'approche de Tinatron et manipule un interrupteur sur le sommet de sa tête, comme Tina le lui a montré. À son grand soulagement, le flash du robot s'éclaire.

— Je me demande si tout va bien, dit Mme Barnes d'un air soucieux.

— Je suis Tinatron 1000, dit le robot, je suis la machine parfaite!

— Oh, je crois qu'il est en pleine forme! conclut Gilles avec un sourire forcé.

— Posez-moi une question, je suis programmé pour répondre sans faire d'erreur.

— Plus tard, peut-être, dit Gilles qui regrette déjà de l'avoir remis en route.

— Vous pouvez poser les questions les plus difficiles, reprend le robot.

— Deux plus deux! lance Gilles d'un ton indifférent, en espérant le faire taire.

— Cinq!

Gilles cligne des paupières et regarde Kevin. Est-ce

que c'est une plaisanterie? Mais les robots n'ont pas le sens de l'humour, et Tinatron encore moins! Il l'a prouvé plusieurs fois!

— En es-tu sûr, Tinatron? demande doucement Gilles.

— Oui!

— Je crois qu'il y a un problème!

— Il ne t'a probablement pas entendu, dit Kevin.

— Tinatron, combien font six fois six?

— Quarante!

— Oh! le pauvre! soupire Mme Barnes.

— La réponse est trente-six, dit Kevin.

— Essayons autre chose, suggère Gilles. Tinatron, de quelle couleur est la chemise de Kevin?

— Trente-six? reprend le robot d'un ton plein d'espoir.

Des étincelles jaillissent de sa carcasse métallique. Il regarde les papiers qui jonchent le bureau de Mme Barnes.

— Qu'est-ce que c'est? demande-t-il.

— Les équations sur lesquelles nous étions en train de travailler! soupire Mme Barnes.

Tinatron prend une feuille et l'observe attentivement.

— Je sais ce que je dois faire avec ça! dit-il.

— C'est vrai? dit Mme Barnes, reprenant espoir.

Tout le monde attend impatiemment la suite...

En se concentrant intensément, Tinatron plie le papier en deux, puis en quatre, et il exécute rapidement une autre série de pliages jusqu'à ce que la feuille soit transformée en avion. Ensuite, de sa main en caoutchouc, il l'envoie planer à travers la pièce.

« Ça y est, il a pété les plombs! » pense Gilles.

— C'est une catastrophe! se lamente Mme Barnes. Il faut appeler Tina tout de suite!

— Oh, je ne crois pas que ce soit une très bonne idée! intervient Kevin.

— Il a peut-être seulement besoin d'un peu de repos! hasarde Gilles.

Tinatron se glisse derrière lui et passe dans l'entrée.

— Bon! Vous allez le surveiller tous les deux pendant que je répare les fusibles, dit M. Barnes aux garçons.

Après s'être promené un moment dans la chambre de Gilles, Tinatron prend des livres sur les étagères et les examine avant de les jeter par terre. Tout à coup, il dit à Gilles :

— Voilà une belle maquette! C'est toi qui l'as faite?

— Mais non, c'est toi!

Tinatron saisit le bombardier, le tourne et le

retourne dans ses mains. Une aile se casse.

— Oh, non!

C'est bien la première fois que Gilles voit un robot exprimer des sentiments! Il se met à rire, imité bientôt par Kevin et par Tinatron. Celui-ci émet un drôle de son tonitruant, comme un bruit de ferraille, mais en tout cas, il rit, c'est certain!

À ce moment-là, Tina fait irruption dans la pièce. Elle regarde Gilles, puis Kevin, puis le robot.

— Alors, qu'est-ce que vous lui avez fait? demande-t-elle.

— Eh bien, dit Kevin d'une voix chevrotante, c'est le...

— Tinatron a eu un choc! explique Gilles. Il a surchauffé en faisant des équations avec ma mère.

— Impossible! dit Tina, catégorique. Il était programmé pour éviter de surchauffer, il n'a pas pu commettre une telle erreur!

Gilles hausse les épaules.

— Pourtant, c'est bien ce qui s'est passé!

— Est-ce que tu fonctionnes mal, Tinatron? lui demande Tina.

— Pose-moi une question et je te donnerai une réponse fausse!

Gilles ne peut pas s'empêcher de sourire. Mais Tina ne plaisante pas. Elle soulève un petit volet sur la tête du robot et examine l'intérieur.

— C'est terrible! murmure-t-elle. Je ne comprends pas comment cela a pu se produire!

Elle referme le volet et regarde le robot avec colère.

— Tu as fait une erreur! lui reproche-t-elle.

— J'ai fait une erreur! répond le robot.

Tina soupire et se tourne vers Gilles.

— Il va falloir que je fasse d'importantes réparations. Je n'ai pas les outils avec moi, mais je reviendrai demain matin. Il vaut mieux que j'aille à l'atelier pour tout préparer.

Elle fait demi-tour et sort de la pièce.

— J'ai fait une erreur! répète le robot. Je ne suis plus parfait!

Pour la première fois, Gilles se sent navré pour lui. Dès le début, Tinatron lui a déplu, mais Gilles comprend soudain que le robot n'était pas responsable. N'étant rien d'autre qu'une machine, il n'éprouvait aucun sentiment et ne faisait qu'exécuter ce qui lui était demandé. Et Tina l'avait programmé pour être parfait! Mais soudain, Gilles se rend compte que Tina n'est pas la seule à blâmer. Sa mère voulait des équations parfaites, et son père, des travaux de rénovation parfaits. Et même lui, Gilles, désirait des devoirs parfaits et des maquettes d'avion parfaites. Ce n'est pas étonnant que Tinatron ait disjoncté! Il faisait simplement ce que chacun attendait de lui! C'est stupide, qu'est-ce qu'il y a de mal à se tromper quelquefois? se demande Gilles. Ce n'est pas la fin du monde s'il n'a pas vingt sur vingt dans tous ses devoirs ou si ses avions présentent des petits défauts. Le plus important est d'essayer de faire de son mieux.

C'est impossible d'être toujours parfait! Mais est-ce que Tina le sait?

Chapitre 7

Pas de panique!

— IL EST PARTI? demande Tina d'une voix blanche.

— Oui. Il n'était déjà plus là quand je me suis réveillé. Il s'est échappé pendant la nuit.

— Il est parti! répète Tina, les yeux exorbités.

— Elle va s'en remettre, chuchote Kevin. C'est le choc.

— Le choc? s'écrie Tina. Mon robot s'est enfui, Kevin! Tu sais vraiment ce que je ressens? Il a eu un problème bien plus important que je ne le croyais! Il peut se trouver n'importe où en ce moment!

— Il a peut-être pris la direction du sud, plaisante Gilles. Cette humidité n'est pas bonne pour ses articulations.

Tina lui jette un regard plein de reproches :

— Ce n'est vraiment pas drôle, Gilles. C'est très grave. Qui sait ce qui a pu lui arriver? Il a peut-être été

46

kidnappé par des scientifiques de l'université, qui voudraient découvrir mon secret... Mais oui, c'est ça qui a dû se passer! Ils ont sûrement lu l'article dans le journal et maintenant ils veulent s'approprier mon robot!

Gilles fait des yeux ronds.

— Nous devons le retrouver! déclare Tina.

— Nous? reprend Gilles en lançant un clin d'œil à Kevin. Tu crois que tu as besoin de nous, Tina? Tu as oublié que nous ne sommes pas des génies...

— Mon nom n'est même plus sur les cartes, ajoute négligemment Kevin.

Tina rougit.

— Tu n'étais pas censé être au courant, marmonne-t-elle. C'était juste une petite idée comme ça...

— De toute façon, tu peux sûrement te passer de nous, insiste Gilles. Au fond, on n'est pas bons à grand-chose... C'est vrai, on est juste des humains, après tout!

— Tu vois, reprend Kevin en s'étirant voluptueusement sur le canapé, je suis plutôt content de ne pas faire partie de l'équipe des Génies. Ça me permet de me détendre, de respirer, de profiter de la vie!

— Ne sois pas ridicule! dit Tina d'un ton cassant. On dirait une mauvaise publicité pour la télévision! Nous devons retrouver Tinatron!

Pour toute réponse, Gilles et Kevin lui adressent un petit sourire.

— Très bien! dit-elle brusquement. Je me débrouillerai sans vous, je n'ai d'ailleurs jamais eu besoin de votre aide! J'ai toujours tout fait toute seule! Ce qu'il me faut, c'est un bon plan, voilà tout! conclut-elle d'une voix mal assurée.

Immobile au milieu de la pièce, elle regarde le mur sans le voir, comme frappée de stupeur.

— Un bon plan, c'est ça... je vais avoir une idée d'un moment à l'autre... une idée géniale!

— On dirait qu'elle commence à paniquer! remarque Gilles à voix basse.

— Mais non! Avec le cerveau qu'elle a, elle va trouver une solution! ironise Kevin.

— Je ne l'ai jamais vue comme ça, insiste Gilles.

— Eh bien, oui, je panique! s'exclame tout à coup Tina en se tordant les mains. J'ai besoin de vous deux!

— Ce n'est peut-être pas très important, mais quels sont tes projets en ce qui concerne les cartes? demande Kevin.

— Je vais les déchirer!

— Qu'en penses-tu, Kevin? fait Gilles. Peux-tu te contenter de cette promesse?

— Euh... c'est d'accord! répond Kevin en se redressant d'un bond. Allons-y!

Chapitre 8

Avis de recherche

KEVIN DESSINE LE PORTRAIT de Tinatron sur une grande feuille blanche et écrit au-dessus :

AVEZ-VOUS VU CE ROBOT?

— Eh! C'est vraiment bon! s'étonne Gilles. Je ne savais pas que tu dessinais comme ça! C'est tout à fait Tinatron!

— Merci, répond Kevin, un peu gêné.

— Tu as oublié un boulon sur le côté droit de sa tête, fait remarquer Tina.

— Oh, tais-toi! rétorque Gilles. C'est un excellent dessin. Qu'est-ce que ça peut faire, un ou deux boulons en moins?

— Alors, on y va? fait Tina, vexée.

Après avoir fait des photocopies de l'affiche à la bibliothèque, ils vont la poser sur toutes les vitrines et les cabines téléphoniques. Puis ils passent le reste de la journée à chercher Tinatron, montrant son portrait à tous les gens qu'ils croisent.

— Je l'ai vu partir vers l'est, leur annonce un marchand de journaux.

— Je l'ai vu passer, il allait vers l'ouest, affirme le facteur.

— Je crois bien qu'il a téléphoné d'une cabine! leur dit une petite fille qu'ils rencontrent dans le parc.

— Il a buté sur ma tondeuse à gazon! leur crie un homme de son jardin.

— Il parlait tout seul, leur dit un gamin à bicyclette. Il n'arrêtait pas de dire : « J'ai fait une erreur, j'ai fait une erreur! »

Mais ni Tina, ni Kevin, ni Gilles ne trouvent la moindre trace de Tinatron.

Quand ils rentrent, le soir, Gilles s'écroule sur le canapé :

— Je suis vidé!

— Et moi, je parie que j'ai des trous dans mes semelles, grommelle Kevin.

Mais Tina, qui ne semble pas fatiguée, se creuse toujours la tête :

— Je ne comprends toujours pas comment il a pu faire une erreur pareille!

— Ne t'inquiète pas, lui dit Gilles. C'est comme ça, les robots, ça se dérègle tôt ou tard!

— Je n'ai plus qu'à m'y remettre à fond! soupire-t-elle. Je sais que je peux y arriver!

— Mais ce n'est pas si important que ça! commente Gilles.

— Écoute, si nous ne le retrouvons pas, ce sera la fin de l'activité des Génies! Il y avait déjà plusieurs clients intéressés par Tinatron et par les futurs robots. Qu'est-ce que nous allons devenir?

— Nous devrons tout simplement trouver un autre moyen de gagner notre vie!

La sonnerie du téléphone retentit. Tina ne fait qu'un bond pour décrocher.

— Allô! Oui, c'est ça, oui, merci beaucoup! Je vais le dire à mon frère!

Gilles jette un coup d'œil étonné à Kevin. À qui parle-t-elle?

— C'est vrai? s'écrie-t-elle tout à coup. Vous êtes sûr? Quand? Où?

Elle griffonne quelque chose sur un bout de papier.

— Merci beaucoup! lance-t-elle avant de raccrocher bruyamment.

— Qu'est-ce qui se passe? demande Gilles.

— Qu'est-ce que tu as à me dire? ajoute Kevin.

— On verra ça plus tard! fait Tina d'un ton sans réplique. Dépêchons-nous, quelqu'un a vu Tinatron! Sa batterie doit être à plat. Il a été enlevé par le camion de la ferraille!

Chapitre 9

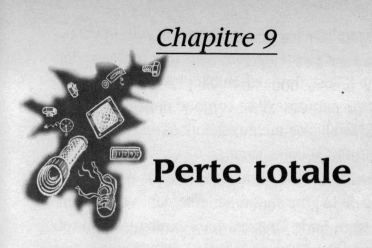

Perte totale

GILLES EST ENTOURÉ de montagnes de carcasses métalliques.

— On n'arrivera jamais à le trouver là-dedans! halète-t-il, encore tout essoufflé d'avoir couru si vite jusqu'à la décharge.

— Mais oui, nous allons y arriver! affirme Tina. Commence donc à chercher par là!

À quelques mètres, une grue emporte un tas de rebuts dans sa gigantesque mâchoire d'acier. Elle s'élève dans l'air avant de laisser tomber son butin dans la bouche de la broyeuse, qui se referme. Il y a un terrible bruit de carcasses compressées. Gilles frissonne.

— Il est là, en haut! s'écrie tout à coup Kevin en montrant le robot, couché sur un amoncellement de ferraille:

Gilles plisse les yeux pour mieux voir. Kevin a raison, c'est bien Tinatron! Mais tout recroquevillé comme il l'est, il ne ressemble plus beaucoup à un robot! Au contraire, il se confond presque entièrement avec le fouillis de métaux défoncés.

— Enfin! soupire Tina.

À peine a-t-elle prononcé ces mots que la pince géante de la grue se tourne lentement vers Tinatron.

— Non! hurle Tina, les yeux exorbités. Mon robot!

Avant que Gilles ait le temps de l'en empêcher, Kevin se lance à l'assaut du monticule.

— Je vais le récupérer!

— Arrête! crie Gilles en se précipitant sur ses talons. C'est trop dangereux!

Il a le plus grand mal à escalader cette pente instable, avec les morceaux de métal qui roulent sous ses pieds. Tina grimpe à côté de lui. Ils voient Kevin attraper le robot. Mais celui-ci est trop lourd pour qu'il puisse le soulever tout seul. La mâchoire d'acier de la grue se rapproche, menaçante, mais Kevin, obstinément, essaie de tirer Tinatron pour le faire glisser jusqu'en bas. Enfin, Gilles réussit à rejoindre Kevin qu'il saisit par un bras :

— Lâche-le! lui crie-t-il.

La grue est tout près maintenant et projette son ombre inquiétante sur les trois enfants.

Immobile, Tina la regarde, comme hypnotisée. Soudain, elle baisse les yeux sur son frère, ce qui la tire aussitôt de sa torpeur :

— Kevin, viens! hurle-t-elle en l'agrippant par l'autre bras. Laisse-le, je t'en prie!

Kevin lâche prise et tous les trois dévalent la pente. L'instant d'après, la monstrueuse pince enfonce ses griffes dans le robot qu'elle soulève avant de le laisser retomber dans la broyeuse.

— Kevin, tu es fou d'avoir fait ça! dit Gilles. Tu aurais pu y passer!

— J'avais de la peine pour le robot. Je sais ce qu'on ressent quand on n'arrête pas de faire des fautes!

— Mais il ne ressentait rien du tout! Ce n'était qu'une machine!

Kevin contemple ses pieds.

— Je regrette de ne pas être arrivé à temps, dit-il à sa sœur.

Tina le regarde bien en face et éclate :

— Kevin! Ne recommence plus jamais une chose aussi stupide!

— Mais c'était tellement important pour toi!

— Pas aussi important que toi! laisse-t-elle échapper. Cela ne pourra... jamais être aussi important, bredouille-t-elle.

— On ne l'aurait pas dit! fait Kevin.

— Je suis tellement désolée. J'étais vraiment déçue... j'avais travaillé dur sur Tinatron.

— Bon, moi ça ne me dérange pas de partager le travail avec un ou deux robots, déclare gauchement Kevin, tant que je ne suis pas complètement remplacé!

— Il n'y aura plus jamais de robots! décide Tina. Nous n'en avons plus besoin, maintenant! Le coup de fil de tout à l'heure, vous vous rappelez? Eh bien, c'était un ingénieur. Il a trouvé ton dessin formidable. Il aimerait que les Génies travaillent pour lui...

— C'est vrai? fait Kevin, incrédule.

— Alors, les Génies vont pouvoir continuer leurs recherches! s'exclame Gilles.

— Et sans robot! renchérit Kevin.

Tina acquiesce.

— C'était une idée stupide de ma part! reconnaît-elle.

— Allons, ne t'inquiète pas, Tina, ce sont des choses qui arrivent! raille Kevin en passant un bras autour des épaules de sa sœur. Après tout, personne n'est parfait!

Table des matières

Kenneth Oppel n'avait que quinze ans quand son premier livre a été publié. Depuis, il a écrit beaucoup d'ouvrages, dont plusieurs ont obtenu des prix.

Ken habite à Toronto avec sa femme et ses deux enfants.